Les chiens écrasés

DO
A
DO

DU MÊME AUTEUR

Illustration de couverture : Marion Bataille
Graphisme : Frank Secka

Parc Saint-Joseph - BP 3522 - 12035 Rodez cedex 9
Tél. : 05 65 77 73 70 - Fax : 05 65 77 73 71 - www.lerouergue.com

Les chiens écrasés

Guillaume Guéraud

doAdo

1

J'ai fini par aller voir la conseillère d'orientation pour lui dire merde.

***

Chaque élève devait décider où passer une semaine de stage pour découvrir un métier et la vie d'une entreprise.

Moi, j'aurais bien aimé faire camion poubelle. Les grandes dents en fer qui mâchaient les ordures et les types en combinaison qui sautaient du bolide en route, je trouvais ça chouette.

Quand je lui ai raconté ça, la conseillère a plissé le front pour me faire la leçon :

– Il faudrait penser à quelque chose de plus sérieux, monsieur Dufaure.

Elle m'énerve, celle-là, à appeler tout le monde « monsieur ». J'ai un prénom — je m'appelle Alex.

– Vous êtes en classe de troisième, vos résultats sont excellents, néanmoins il faut réfléchir à votre avenir.

J'ai le temps, j'ai quatorze ans, ça presse pas. C'est mon père qui me l'a dit. Même que j'ai de la chance de pouvoir encore aller à l'école.

Lui, c'est à mon âge qu'il a commencé à travailler. Sur les quais de Bordeaux, docker au port autonome. Charger et décharger les bateaux. C'est lourd et c'est dur.

Il a fait ça pendant vingt ans. J'ai pas envie de faire ça.

– Aucun métier ne vous intéresse ?

Si, à un moment, je voulais devenir avocat, comme ma mère. Sauf qu'il faut apprendre le Code pénal par cœur. Et ça, rien que d'y penser, ça me fatigue.

La première fois que maman a rencontré papa, c'était au tribunal.

Il avait jeté une pierre sur un flic pendant une manifestation de dockers interdite par la préfecture.

Elle s'est retrouvée chargée de son dossier par hasard.

Et ils sont tombés amoureux.

Sauf que, la veille de mon entrée en sixième, ils se sont séparés.

Je ne sais plus trop pourquoi j'ai choisi de rester avec mon père. Peut-être parce que c'est lui qui avait l'air le plus triste.

Dans la foulée, histoire de bien le secouer, il y a eu des licenciements au port autonome. Les dockers ont entamé la plus grosse grève de leur histoire, qui en compte pourtant une liste plus longue que celle des rois de France, d'après papa qui le sait mieux que personne puisqu'il était meneur du syndicat.

À la fin du conflit, il a démissionné et on a quitté Bordeaux pour habiter dans les Landes.

Un gros village, avec que des pins autour et quelques champs de maïs.

Papa s'est mis à chercher un nouveau travail. À cause de son passé syndical, dont presque tout le monde avait entendu parler, ça n'a pas été facile.

Mais il a fini par trouver quelque chose dans une usine de chaussures. Un truc encore plus nul que docker. Moi, c'est clair, j'ai pas envie de passer mon temps à coller des semelles.

Évidemment, dès qu'il a été embauché, il n'a pas pu s'empêcher de recommencer avec ses revendications contre l'exploitation des ouvriers par les patrons et tout le système capitaliste.

Mon père est le dernier communiste révolutionnaire. Il attend impatiemment le grand tumulte. Il est convaincu que ça va éclater. Il pense que c'est ma génération qui va tout foutre en l'air.

Il compte sur moi.

– Y a un truc qui m'intéresse, c'est faire terroriste.

La conseillère d'orientation a soupiré :

– Écoutez, monsieur Dufaure, soyons sérieux, il n'y a pas besoin de faire d'études pour ces bêtises. Le terrorisme n'est pas un métier. Mais si ce sont les armes qui vous intéressent, pourquoi ne pas vous orienter vers une profession militaire ?

J'ai réagi au quart de tour :

– Mais n'importe quoi ! C'est tout le contraire ! Moi, je voudrais être terroriste pour démolir l'armée et anéantir tous les soldats ! Faire sauter les camions de CRS qui nous pourrissent la vie ! Puis tuer les grands patrons des entreprises multinationales ! Exécuter ceux qui nous gouvernent ! Déclencher la révolution !

Ses yeux se sont arrondis comme des méduses :

– Et il n'y a rien d'autre qui vous excite ?

J'ai retourné le problème dans tous les sens.

Le cinéma me tentait.

À Bordeaux, pas loin de chez nous, il y avait un ciné-club et j'allais y voir des films japonais qui me faisaient chialer tellement ils étaient chouettes.

Je sais pas d'où ça me vient, j'aime surtout le cinéma asiatique.

Avec les filles c'est pareil. Les cheveux plus noirs que le réglisse et les yeux qui s'étirent aussi finement qu'un sabre, ça me démonte.

Seulement, dans ce village, les filles, j'en parle même pas.

Les films, c'est pas la peine non plus : rien que des navets à l'affiche.

– Je voudrais bien faire acteur.

La conseillère d'orientation était épatée par ma nouvelle idée :

– Enfin quelque chose qui vous motive.

– Ouais !

– Malheureusement, cela va être impossible à concilier avec un stage en entreprise. Nous aurions pu envisager le théâtre municipal, mais comme il est fermé, je crains fort que ce soit compromis.

Sans issue.

– J'ai consulté vos professeurs, monsieur Dufaure…

Houlà !

– Tous s'accordent à vous considérer comme un bon élève. Ils m'ont parlé de votre originalité, de votre caractère turbulent, de votre énergie, de votre esprit critique et de vos idées révoltées…

Bon. Accouche !

– Je pense que tout cela peut être interprété comme autant de qualités dans le monde de la presse et que votre tempérament agité pourrait faire de vous un excellent journaliste.

Je m'en suis voulu de ne pas avoir pensé à ça tout seul. Je m'imaginais bien parcourir la planète avec un stylo, un carnet et un appareil photo. Je me suis même dit qu'il ne devait rien y avoir de mieux.

Pour une fois qu'elle sortait une bonne idée, j'étais cloué, mais je ne le lui ai pas montré :

– Ouais… Pourquoi pas ?

En quittant son bureau, je me voyais déjà grand reporter.

***

Ma nouvelle vocation n'a pas emballé mon père. Normal, il croit que tous les journalistes sont des menteurs.

Il dit que ce sont eux qui ont coulé le parti communiste. Que ce sont eux les responsables de l'étouffement du peuple. Et plein d'autres trucs du style :

– Si les journalistes faisaient bien leur boulot, on n'en serait pas là.

– Mais c'est pas leur boulot de faire de la politique.

– Justement ! Regarde la télé ! Chaque fois qu'il y a une grève, ils jettent la pierre aux classes ouvrières. Ils ne remontent jamais à la source. Ils ne mettent jamais rien sur le dos des patrons. Ils endorment les citoyens et ils servent la soupe aux dirigeants. C'est forcément politique. Et c'est méprisable !

– Tu es bien abonné à *L'Humanité*.

– C'est le seul journal à proposer autre chose !

Il a continué à s'exciter tout seul :

– Les autres laissent tout le monde dans l'ignorance ! Pourquoi ? Je vais t'expliquer pourquoi ! Les journalistes qui gagnent plus de deux bâtons par mois un micro à la main ne se soucient pas des travailleurs qui transpirent pour que dalle. Ils préfèrent analyser les buts de l'équipe de France plutôt que définir les raisons qui poussent les jeunes chômeurs à casser des vitrines. C'est corruption et compagnie !

J'ai essayé de détendre l'atmosphère :

– C'est quand même mieux que vouloir faire camion poubelle.

Mais papa a fait la grimace, comme si le journalisme était aussi un métier d'ordures.

J'ai décidé d'appeler ma mère pour savoir ce qu'elle en pensait. À la deuxième sonnerie, sa machine « message après le bip ! » s'est mise en route et j'ai parlé :

– Salut maman, c'est Alex…

Elle laisse tout le temps le répondeur pour filtrer les appels.

Clic ! Elle a décroché :

– Comment ça va Alex ?

– Ça y est ! J'ai trouvé ce que je veux faire plus tard !

– Et c'est une bonne nouvelle ?

– Papa trouve que non…

En entendant ça, mon père a traversé le salon dans mon dos pour s'éclipser dehors.

– Alors ça risque de me plaire, a fait maman à l'autre bout du fil.

– J'ai envie de devenir journaliste !

– C'est une idée formidable !

Je me suis mis à rêver sans fermer les yeux.

Je m'imaginais en reportage sur la Grande Muraille de Chine. Un vieux maître zen me raconterait ses combats avec les samouraïs dans un temple perdu. Je suivrais un gang des triades dans les fumeries d'opium de Hong-Kong. Je rencontrerais les stars du cinéma asiatique à Shanghaï. Je dévalerais les montagnes du Tibet sous les bombes.

***

Forcément, je suis tombé de haut.

Un mot de la conseillère d'orientation m'attendait dans le cahier de classe pour me faire revenir en quatrième vitesse dans ce trou perdu des Landes :

Comme convenu lors de notre entretien, votre stage à la découverte du monde professionnel se fera dans la presse : La Gazette, *dont les bureaux se situent sur la place Foch, est prête à vous accueillir, du lundi 6 au vendredi 10 février, dans le cadre d'une semaine d'observation. Cela devrait, j'en suis sûre, vous convenir. Je reste à votre disposition pour tout renseignement. Bon courage.*

Bon courage ? Tu m'étonnes !

La Gazette faisait ses titres sur le club du troisième âge, les anniversaires de mariage, les progrès de la fanfare municipale, les bons coins pour la pêche, les bons coins pour la chasse et tout ce qui pouvait intéresser les ploucs.

Elle paraissait tous les matins et on y trouvait le maire de la ville en photo au moins trois fois dans chaque numéro.

Quand il avait entrepris de créer le syndicat dans son usine de chaussures, papa avait eu sa photo en première page avec un titre énorme :

UN CAILLOU DANS LA CHAUSSURE
Leader syndical CGT attaché au parti communiste, Michel Dufaure est un semeur de troubles qui va nuire à la compétitivité de la chaussure landaise.

L'article rappelait ses antécédents au port autonome de Bordeaux et lui taillait un costume de brute saignant les entreprises aux quatre veines.

Le journaliste ne décrivait même pas les mauvaises conditions de travail dans les fabriques de souliers. Trente-neuf heures par semaine les mains dans la colle pour mille euros par mois. Avec l'odeur qui s'en va pas. Les mains qui restent noires. Les heures supplémentaires même pas payées. Seulement vingt minutes pour manger à midi.

Papa ne s'est pas démonté.

Il a retourné ses manches pour mener le combat. Il a constitué le syndicat et paf! grève. Au bout de quatre jours, le patron a fait des promesses. Le mouvement a été maintenu et, une semaine après, il y a eu des accords signés pour les pauses de travail et l'augmentation des salaires. C'était gagné!

Sauf que *La Gazette* n'avait pas sorti une seule ligne sur cette lutte victorieuse.

Mon père est persuadé que ce journal de bouseux est à la colle avec le maire et les patrons.

Mais, finalement, il ne s'est pas trop fâché en apprenant que j'allais y faire mon stage :

– Ce torchon te permettra de découvrir tout seul la réalité de ce sale boulot !

En fait, j'aimerais surtout écrire sur le cinéma, critiquer les films et raconter tout ce qui s'agite sur les écrans.

– Arrête de rêver, Alex, ils vont te coller à la rubrique des chiens écrasés !

– Qu'est-ce que tu racontes ?

– C'est une expression.

– Qu'est-ce que ça veut dire ?

– Il y en a plein les colonnes ! « Madame Tartempion a perdu son chat » ; « Bonne ambiance à la maison de retraite » ; « Une médaille pour l'adjudant Dupont »... Tout ce qui peut endormir le monde !

– J'ai pas envie de faire ça.

– Il faut bien faire ses premières armes quelque part. Je colle des semelles toute la journée ! Tu crois que ça m'intéresse ? Je n'ai pas eu le choix ! Dis-toi que tu as de la chance de faire ce stage à ton âge. Ça t'aidera à ne pas te tromper plus tard.

Un exemplaire de *La Gazette* était ouvert en grand sur la table du salon. Une assemblée générale d'anciens combattants monopolisait une page complète.

Au bout de trois lignes, je me suis mis à bâiller sans pouvoir retenir ma mâchoire.

***

Je m'étais foutu de la gueule de mon copain Lucien parce qu'il allait faire son stage en secrétariat. Tous les élèves s'étaient foutus de lui parce que, secrétaire, c'est pour les filles.

Journaliste, ça suscitait la convoitise. Personne ne devait imaginer ce que se taper les chiens écrasés signifiait.

J'en ai piqué des tremblements en pleine nuit. Ça hurlait wah ! wah ! de partout. Des molosses enveloppés de papier journal me poursuivaient à la vitesse mur du son. Leurs crocs brillaient comme des stylos plume.

Au réveil, la tr-tr-tr-ouille, quoi.

Je n'ai pas déjeuné. J'ai filé au collège en oubliant mon cartable.

Cette histoire de stage me collait la pression.

– Ce matin, Colombo s'est envoyé mon bol de corn flakes et il a tout vomi.

Lucien est constamment en train de raconter des histoires stupides sur son affreux chien — le même que celui de l'inspecteur Colombo.

– Après, il s'est mis à baver sur tout le sol de la cuisine.

J'ai souvent du mal à croire qu'une bête soit capable d'aligner autant de catastrophes.

Si Colombo réussit un jour à se faire écraser, je pourrai en écrire des pages dans une édition spéciale de *La Gazette*.

Lucien a abordé le sujet en se plaignant :

– Je préférerais m'amuser à faire le journaliste comme toi. C'est mon père qui veut que j'apprenne les trucs de secrétaire. Il est tout le temps occupé dans ses champs de maïs. Il a besoin de moi pour l'aider à faire les comptes et les papiers. C'est pas de la rigolade. Mais j'ai pas le choix. Ma sœur est partie faire ses études à Bordeaux. Alors c'est sur moi que ça tombe.

– Où est-ce que tu vas le faire, ton stage ?

– Au Foyer du Soleil… Dans les bureaux de l'association « Main tendue »…

Le Foyer du Soleil, c'est la grande fierté de la municipalité et du maire, Alain Vilors.

L'association « Main tendue » cherchait des locaux afin de proposer des activités adaptées aux handicapés.

Quand Alain Vilors est arrivé à la tête de la mairie, c'est la première chose dont il s'est occupé. Normal, la présidente de l'association s'appelle madame Vilors — c'est sa femme. Il a aménagé un centre d'accueil. Avec salle de jeux, salle de gym, salle de relaxation et tout le confort.

Depuis l'ouverture, des handicapés se font amener de tout le département pour passer le week-end au Foyer du Soleil. Des accidentés de la route, des accidentés du travail, des accidentés du sport, des accidentés de naissance et des accidentés qu'on n'imagine même pas.

Tout le monde trouve que c'est chouette.

Le seul qui chipote, c'est mon père :

– Ça n'empêche pas les usines de licencier du personnel par wagons entiers. Et pour les gens encore en état de marche comme moi, la municipalité n'offre que des clubs de belote.

Parce que c'est la même politique que partout. Tout continue de rouler dans le même sens : les entreprises ferment et tralala.

Cette politique de partout, mon père appelle ça le « grand n'importe quoi ».

À la cantine, Lucien a fourré tous les morceaux de sucre qui traînaient sur la table dans ses poches :

– C'est pour Colombo !

Je lui ai tapé sur l'épaule :

– Prends soin de lui… Il pourra me refiler des tuyaux…

***

J'ai débarqué dans la rédaction de *La Gazette*, place Foch, histoire de repérer les lieux.

C'était une grande pièce désordonnée envahie de fumée. Les écrans lumineux des ordinateurs faisaient émerger quelques têtes du brouillard.

Une secrétaire m'a accueilli en souriant avant d'aller frapper à la porte d'un bureau isolé.

Le rédacteur en chef, Christian Tuglasse, l'a ouverte d'un seul coup.

Il avait les cheveux gris. Ses larges épaules ne passaient pas dans l'encadrement de la porte et ses mains étaient dix fois plus grosses que les miennes. J'ai tout de suite compris qu'il valait mieux ne pas faire le malin avec lui. Même si ses joues pendouillaient quand il ouvrait la bouche :

– Tu es le jeune du collège François-Mauriac ?

– C'est moi !

Il m'a présenté à toute l'équipe :

– Voici Alexandre ! Il est en classe de troisième et il va passer la semaine prochaine avec nous pour son stage en entreprise !

Les autres ont levé la tête de leur clavier en faisant : « Bonjour Alexandre ! » On aurait dit une vraie chorale.

Yves Pignon et Isabelle Choussans, les deux reporters, côte à côte, en train de siroter un café sur des chaises bancales.

À moitié caché derrière une pile de dossiers froissés, Xavier Sombrel, un grand sec qui corrigeait les copies et organisait les pages.

Hervé Longe, chargé de la publicité, visiblement le plus jeune, en costard, un cigare à la bouche, un téléphone portable à la main.

Et la secrétaire Anne-Marie, le sourire en place comme un rictus, le visage mangé de crispations nerveuses, grimaçant sans prévenir.

Le chef a tenu à me préciser :

– Il manque Marc Lamèche, le photographe, mais je ne le compte pas parmi les gens sérieux qui composent ce journal !

Il a consulté sa montre :

– T'as des questions à poser, coco ?

J'ai seulement fait remarquer :

– Je ne m'appelle pas coco.

Il a filé dans un courant d'air :

– Je vais faire un tour au commissariat ! C'est l'heure des faits divers, coco !

Ça devait être un tic.

Le photographe a déboulé dans la rédaction comme un sauvage. Il puait l'alcool. Il m'a tendu la main en hurlant :

– Salut ! J'espère que tu vas mettre un peu d'ambiance ! Parce que c'est pas la joie ici !

***

J'ai fini par aller voir la conseillère d'orientation pour lui dire merde, mais elle m'a montré la porte en me conseillant d'éviter de faire le guignol.

Je devais me contenter d'un stage au journal des bouseux.

2

Les journalistes brassaient du vent et mes illusions en ont profité pour se faire la malle.

***

Papa s'est garé face au journal en grognant :

– Bon courage.

Il m'a ébouriffé les cheveux d'une main :

– Ne t'inquiète pas trop pour les chiens écrasés…

Les journalistes ne semblaient pas avoir bougé d'un poil depuis la veille.

Isabelle Choussans feuilletait son carnet de notes.

Xavier Sombrel avait le nez au milieu de copies couvertes de ratures.

Yves Pignon consultait l'annuaire.

Le photographe Marc Lamèche tanguait au milieu d'un nuage de vapeurs alcooliques.

Hervé Longe tirait sur son cigare en baragouinant avec son portable.

La secrétaire Anne-Marie multipliait les rictus.

Un seul élément s'était ajouté au tableau : un jeune homme en cravate, bien coiffé, bien habillé, le cou tendu pour toiser le monde de plus haut.

Le chef Christian Tuglasse est sorti de son bureau et a tapé dans ses mains pour présenter ce nouveau à la rédaction :

– Emmanuel Baumard est envoyé par le Centre de formation des journalistes de Paris ! Il va commencer aujourd'hui un stage de deux semaines parmi nous !

Emmanuel Baumard. Vingt ans. Un grand qui sait déjà ce qu'il veut faire quand il sera grand. Avec un atout de taille : des dents qui rayent le plancher. Au propre comme au figuré. J'ai flairé le requin derrière sa belle cravate.

– Bonjour Emmanuel ! a fait tout le monde en chœur — sauf moi.

Anne-Marie s'agitait puissance mille dans le dos de Tuglasse en me désignant le téléphone qui venait de sonner :

– C'est pour toi !

J'ai saisi le fil :

– Allô ?

– Salut, c'est Lucien ! Ça roule ?

– Mouais…

– T'as de la chance ! Je m'emmerde comme un rat mort !

– Tu ne t'amuses pas ?

– Tu parles ! Le foyer est fermé ! Les animateurs sont en grève ! J'ai même pas le droit d'amener Colombo ! Je passe mon temps à lire dans un coin ! Et c'est même pas dans le journal ! Tu peux me dire pourquoi ?

– J'en sais rien… Peut-être que personne n'était au courant…

– Eh ben t'as intérêt à leur dire que ça rigole pas ! Qu'ils viennent mener l'enquête ! Il paraît qu'il manque cinquante mille euros dans la caisse de l'association !

– Cinquante mille euros !

– Ouais, mon pote ! Les animateurs sont en grève à cause de ça. Ils attendent que la directrice les reçoive pour avoir des explications. Je crois que ça va barder !

Tuglasse a posé son doigt sur l'appareil pour interrompre la communication comme un malpoli :

– C'est l'heure de la conférence de rédaction, coco ! Ouvre tes oreilles !

***

La conférence de rédaction, c'est la réunion du matin pendant laquelle on doit proposer des sujets à traiter, répartir les tâches et déballer son linge sale.

Le chef a ouvert l'agenda.

La page correspondant au programme du jour était vierge.

À part un sujet première classe dans la catégorie des chiens écrasés :

• `14 h; boulodrome; concours de pétanque.`

– L'actualité est loin d'être débordante, a constaté Tuglasse. Qui veut couvrir la pétanque cet après-midi ?

Le brillant Emmanuel-Cravate s'est empressé :

– Moi !

– Très bien, coco ! Marc t'accompagnera pour prendre une photo !

Lamèche, occupé à chercher son décapsuleur, a levé la tête pour protester :

– Terrible !

Sombrel s'est mis à consulter sa pile de dossiers :

– On est à poil… Aucun sujet… Rien de rien…

Tuglasse a gentiment proposé :

– J'ai remarqué qu'il y avait des travaux à l'entrée de la ville !

– La municipalité fait construire un rond-point, a expliqué Pignon.

– Alors rédige-moi quarante lignes là-dessus, coco !

Choussans n'avait pas l'air de s'intéresser à cette histoire.

Je lui ai demandé discrètement :

– Madame Choussans ?

– Appelle-moi Isabelle.

– Ouais. Je me posais juste une question. Comment est-ce qu'on peut faire quarante lignes à partir d'une seule information ?

– On la répète quarante fois.

Elle a réfléchi un moment, puis a ajouté :

– Ou alors on l'enrobe de détails inutiles.

– Pourquoi ça ? Je veux dire, c'est pas la peine, si une seule phrase suffit, non ?

– Bonne question.

– Ouais ? Et la réponse ?

– La réponse à quoi, coco ? a demandé le chef.

Choussans a répété la question à ma place :

– Il demande pourquoi on fait quarante lignes sur une info qui ne vaut pas tripette.

– Et je peux savoir ce que tu lui as répondu ?

– Que c'était une bonne question.

– Tu n'es pas capable de lui répondre, c'est ça ?

– Je n'ai pas envie de lui avouer qu'on ne brasse que du vent.

Tuglasse a rugi :

– Si t'es pas contente de bosser ici, Isabelle, tu peux dégager ! On n'a pas besoin de toi ! Même si tu penses le contraire, je t'assure qu'il y a un tas de journalistes prêts à prendre ta place !

Cravate, numéro un pour cirer les pompes, a collé un sourire mielleux sur son visage de pape :

– C'est vrai !

Choussans a baissé la tête.

Sauf que j'avais toujours pas ma réponse :

– Et ma « bonne question » ? Alors ?

– C'est simple, coco ! Un événement comme celui-là n'en est plus un si on le bâcle en trois lignes ! Il faut remplir le journal ! Et comme on n'a pas cinquante mille informations pour garnir les pages, il faut pisser de la copie ! C'est clair ?

– Oui.

Parce que si ça ne l'avait pas été, Tuglasse m'aurait sûrement filé une beigne.

Profitant de la bonne humeur générale, Sombrel a posé la grande question :

– Quoi d'autre à fourrer dans le journal de demain ?

Aucune idée dans les crânes.

Tempête sous le mien :

– Il se passe un truc au Foyer du Soleil. Les animateurs sont en grève.

Le chef n'a pas baissé le bouton du volume :

– Qui t'a dit ça ?

– Un copain de ma classe fait son stage là-bas. Il paraît que cinquante mille euros ont disparu de la caisse de l'association.

– Qu'est-ce que c'est que ces histoires ?

– Je ne sais pas. Il m'a raconté ça au téléphone tout à l'heure. Il n'était pas content, parce qu'à cause de cette grève, son stage se résume à rien du tout.

– Je vais aller voir ce qui s'y passe ! a proposé Choussans.

– Pas question, cocotte ! J'en fais mon affaire !

Tuglasse a enfilé son imper avant de claquer la porte.

Mon ventre a crié midi. Je me suis éclipsé pour manger en solitaire chez McDo.

C'est une petite ville de ploucs, mais on peut quand même avaler des *giants* quand on en a envie. C'est pas pour ça que la vie est meilleure, mais bon.

Comme j'étais tout seul, j'en ai profité pour faire un truc que je ne peux pas faire quand il y a du monde : souffler avec ma paille dans mon verre de coca.

Ça m'a détendu.

***

J'ai passé l'après-midi à glander dans la rédaction.

À chronométrer le nombre de rictus de la secrétaire : un toutes les sept secondes.

À jeter un œil dans le labo pour compter le nombre de bouteilles de bière vides : onze à 15h03 et seize à 15h39.

À me pencher au-dessus de l'épaule de Sombrel pour voir le nombre de ratures qu'il y avait sur les copies qu'il corrigeait : trente par page en moyenne.

Il a relâché ses efforts cinq minutes pour m'expliquer :

– Ce sont les articles de nos correspondants. Ils couvrent l'actualité des petits villages du département. C'est moins lisible que les hiéroglyphes des temples égyptiens !

– Comment ça se fait ?

– Ils ne savent pas écrire ! Ce ne sont pas des journalistes. Ce sont des bénévoles. On n'a pas les moyens de les payer. Faut pas s'étonner ! Seuls les idiots travaillent pour rien ! Alors je me retrouve avec des articles moins bien torchés qu'un morveux ! Et je transpire pour les rendre un peu plus compréhensibles !

– Pourquoi le journal publie des trucs pareils ?

– Je vais t'apprendre une chose : les lecteurs ne s'intéressent qu'à ce qui se passe devant leur porte. Par conséquent, si on ne diffuse pas ce charabia, on ne vendra plus un seul numéro à la campagne.

En bref, l'argent passe avant l'information et je suis un putain-de-journaliste-blasé-par-son-boulot. Tu comprends ?

À croire que le journalisme n'échappait pas au « grand n'importe quoi ».

Tuglasse a fait vibrer les murs en claironnant :

– Je me suis déplacé pour rien !

– Le Foyer du Soleil n'est pas fermé ?

– Pas l'ombre d'une grève !

– Un tuyau crevé ? a risqué Choussans.

– Faut croire que oui, cocotte !

Cravate est rentré du boulodrome, radieux, comme s'il venait de faire le reportage du siècle.

Lamèche s'est enfermé à double tour dans son labo pour développer les photos.

Il en est sorti aussi ivre qu'un navire.

J'ai voulu l'aider à se déplacer correctement au milieu des bureaux. Mais j'ai glissé sur son décapsuleur qui traînait par terre. Je suis parti en vol plané selon une chorégraphie digne des félicitations du jury. Sauf que je suis tombé en me cognant violemment la tête.

J'ai eu du mal à me relever. Des montagnes s'amusaient à exploser sous mon crâne. Je ne sais pas comment je m'y suis pris pour atteindre le bureau de la secrétaire.

Son visage s'est figé.

Et je me suis aperçu que tout le sang qu'il y avait sur le sol coulait de ma tête.

Ça a réussi à me faire tomber dans les vapes.

***

Une infirmière avec marqué Josette sur sa blouse s'est penchée sur moi :

– En voilà un courageux !

Ma figure artistique m'avait ouvert le cuir chevelu. Trois points de suture sur le crâne comme récompense.

– Rien de grave, a précisé un homme en blanc.

J'ai tout de suite senti qu'il me manquait quelque chose. Je n'ai pas immédiatement su quoi. Je me suis mis à flipper, pareil que les vieux qui cherchent leurs lunettes quand ils les ont sur la tête. J'ai fini par trouver : les cheveux qui me tombaient habituellement sur le nez n'étaient plus là.

– On a été obligés de débroussailler pour réparer les dégâts, a expliqué le docteur en me retenant la main. Il vaut mieux éviter de toucher. À part ça, tu peux faire tout ce que tu veux. On va te donner une pommade cicatrisante à appliquer matin et soir. Puis il faudra revenir nous voir dans deux jours pour faire enlever les fils.

– Et mes cheveux ? j'ai demandé. Faudra que je revienne pour les faire repousser ?

– Ce n'est pas la peine, a répondu l'infirmière Josette. Vous êtes beaucoup plus mignon ainsi, ça met vos jolis yeux bleus en valeur.

Je l'ai trouvée excitante quand elle a dit ça, alors je l'ai crue sans protester.

L'imposante carrure de Christian Tuglasse a envahi la chambre :

– Sacré début, coco !

Sa voiture, un gros bolide de chef d'entreprise, était garée de traviole sur les places réservées aux handicapés.

Il m'a ouvert la portière en se vantant :

– C'est le grand privilège de nous-autres-les-journalistes, on peut se garer n'importe où !

***

La machine à fax a crépité au milieu de la rédaction. Une feuille est tombée par terre.

Je l'ai ramassée. Je l'ai lue. Et ça m'a mis sur le cul :

Aux journalistes de La Gazette

Olivier Jourdan, éducateur spécialisé travaillant au Foyer du Soleil depuis sa création, invite tous les journalistes à se rendre demain matin à 10 h devant le Foyer pour une conférence de presse.

Animateurs et éducateurs sont en grève depuis ce matin pour protester contre un trou de 50 000 €. figurant dans les comptes de l'association « Main tendue » qui gère le Foyer. Ils attendent d'être reçus par la directrice madame Vilors pour avoir des explications.

La grève se poursuivra jusqu'à ce que les personnes assurant la vie du Foyer, les handicapés qui y sont attachés et les citoyens de la commune soient informés sur la destination de cette lourde somme.

La conférence de presse détaillera les interrogations et les motivations de tous ceux qui sont engagés dans ce mouvement.

Olivier Jourdan

Quelle tronche font les mômes quand leurs parents leur annoncent que le père Noël n'existe pas ? Ils ne sont pas surpris parce qu'ils l'apprennent toujours avant d'une manière ou d'une autre.

Tuglasse a fait exactement la même tête quand il est tombé sur le fax.

Conclusion : le chef était déjà au courant de la grève et des cinquante mille euros envolées avant de lire cette feuille.

Choussans, Pignon et Sombrel l'ont interrogé du regard.

Il ne s'est pas démonté :

– Je ne veux pas de vagues ! J'irai à cette conférence de presse demain ! En attendant : motus ! On ne sort rien sur cet incident !

Personne n'a bronché.

Tuglasse a changé de sujet :

– Il est 17 heures ! Les stagiaires ! Je vous emmène faire la tournée des faits divers pour vous montrer comment ça se passe !

On a pris sa grosse voiture et Cravate est évidemment monté devant.

Pour récolter les faits divers, il suffit de faire un saut à la caserne des pompiers — « Bonjour ! Rien à signaler aujourd'hui ? Non ! C'est pas encore les incendies d'été ! » —, un tour à la gendarmerie — « Bonjour ! Quoi de neuf ? Voilà une photocopie du rapport ! Merci ! » — et terminer par écouter une blague vachement rigolote au commissariat.

Le commissaire est un alcoolo dans le genre du photographe de *La Gazette*, mais avec vingt ans de plus, le nez comme une fraise et d'énormes valises sous les yeux.

Tuglasse et lui ont l'air sacrément potes. Ils se tutoient :

– Salut ! Tu vas bien ? Quelque chose pour nos pages ?

– Un vol de mobylette et la portière d'une auto fracturée en plein centre-ville !

On a gribouillé des notes. Puis le commissaire a dit qu'il en avait appris une bonne :

– Vous connaissez l'histoire de Paf-le-chien ?

Tuglasse et Cravate étaient pendus à ses lèvres.

Le commissaire a fini par s'esclaffer :

– C'est un chien qui traverse la rue devant une voiture… Et paf ! le chien…

Ça les a bien fait marrer.

Je me suis avancé :

– Et sur la grève du Foyer du Soleil ? Vous avez des informations ?

Merde, le commissaire est devenu aussi enflé que Bibendum, fumée qui sort des oreilles en plus.

Tuglasse lui a fait un clin d'œil pour m'excuser :

– C'est un stagiaire.

Sur le chemin du retour, il m'a lancé des éclairs dans le rétroviseur en beuglant :

– Tu remets une seule fois cette histoire de grève sur le tapis et je te colle zéro à ton rapport de stage. Dois-je être plus clair ?

– Non merci.

Il s'est chargé d'expliquer à Cravate comment rédiger les faits divers et m'a donné le numéro de la météo comme os à ronger.

***

Il ne me restait déjà plus beaucoup d'illusions sur le mythe du grand reporter.

Des nuages recouvraient le Foyer du Soleil et je n'avais que la rubrique météo à me farcir.

Prévisions incertaines…

3

C'était pas le moment de tomber amoureux, mais je n'ai pas fait exprès.

***

Cravate ne se sentait plus devant sa signature — **Emmanuel Baumard** — qui figurait au bas de la première page.

Il n'y avait vraiment rien à faire pour sauver ce type. Le titre de son article montrait son sens de l'information :

TU TIRES OU TU POINTES ?

Ça méritait une palme. Celle du truc le plus ridicule jamais paru dans *La Gazette*.

Choussans saupoudrait du sucre à côté de son café en feuilletant le journal. Elle est restée scotchée sur **Tu tires ou tu pointes ?**

Je lui ai demandé ce qu'elle pensait de ces lignes.

Elle a réajusté ses lunettes :

– C'est pas Albert Londres.

– Qui c'est Albert Londres ?

– Le plus grand reporter de l'histoire.

– Il travaille dans quel journal ?

– Il est mort en 1932 dans l'incendie d'un paquebot qui le ramenait de Chine.

Ça me bottait, un mec qui allait faire des reportages en Asie :

– Au pays des shaolins ?

– Il a parcouru la terre entière pour enquêter dans les endroits les plus fous : les pays dévastés, les villes explosives, les prisons, les asiles, les marchés aux esclaves. Et je ne te raconte pas les risques du métier à l'époque.

Elle a ouvert un tiroir sous son bureau et en a sorti un vieux livre pourri dont les pages jaunasses ne tenaient plus. Elle me l'a tendu avec délicatesse pour éviter qu'il ne s'éparpille en morceaux :

– C'est un de ses premiers reportages. Je te le prête, mais prends-en soin, il est déjà bien abîmé.

Au Bagne, ça s'appelait.

Moi, pour savoir si j'ai envie de lire un bouquin, j'ai une stratégie. J'ouvre une page au hasard, n'importe où et je suis fixé. C'est ce que j'ai fait.

Et ça m'a cloué. Envie de savoir la suite et le reste, je veux dire.

J'ai refermé le livre et l'ai fourré dans mon cartable :

– Merci. Ça a l'air chouette.

– C'est beaucoup plus que ça, a dit Choussans. Ça devrait être notre modèle à tous.

Tu tires ou tu pointes ? Elle a retourné *La Gazette* face contre le bureau pour éviter de voir ça.

Dehors, il tombait des trombes.

Choussans a avalé son café avant de dire ouf ! Elle a jeté le gobelet dans la corbeille à papier. Puis elle s'est levée pour annoncer bien fort à tout le monde :

– Notre métier, écrivait Albert Londres, n'est pas de faire plaisir. Il est de porter la plume dans la plaie.

Le chef s'est ramené avec l'agenda sous le bras :

– Quel est ton problème, cocotte ?

– Cinquante mille euros qui disparaissent de la caisse d'une association, c'est une plaie.

– Et après ?

– Au lieu d'enquêter sur cette affaire, on reste là comme si on attendait que la plaie se referme.

– J'ai déjà dit que j'allais me rendre à la conférence de presse pour en savoir plus !

– On avait l'info hier ! Je voulais m'y mettre hier !

– La ferme Isabelle ! Je suis le responsable de ce journal ! C'est moi qui décide ! Cette affaire est délicate ! Il ne faut pas foncer tête baissée !

À moins de vouloir un zéro sur mon rapport de stage, il valait mieux que j'évite de donner mon avis.

L'agenda s'est ouvert pour mettre un terme à la conversation :

• 10 h ; Foyer du Soleil ; conférence de presse.

• 17 h ; salle des fêtes ; centenaire de Gislaine Balade avec remise de la médaille du mérite de la ville par le maire.

– Les deux stagiaires se chargeront ensemble de l'anniversaire cet après-midi ! a ordonné Tuglasse.

– Combien de lignes ? a demandé Cravate, vachement épaté par ce sujet à la noix.

– Autant que vous voulez ! Vous écrirez chacun un papier sur la cérémonie et je choisirai le meilleur !

Ce reportage allait enfin être l'occasion de faire mes preuves face à Bouffon Ier.

L'œil pétillant, Lamèche est sorti du labo avec un appareil photo autour du cou.

La carrure du chef a pris la forme d'un point d'interrogation :

– Où vas-tu ?

– Au Foyer du Soleil... Il est bientôt dix heures...

– Pas besoin de photo, coco ! J'y vais seul !

En attendant, pour changer, je n'avais plus qu'à glander dans un coin.

J'ai décroché le téléphone et composé le numéro du Foyer du Soleil pour demander Lucien.

Il était furax :

– J'ai retourné le journal d'aujourd'hui dans tous les sens et j'ai pas trouvé un mot sur la grève dont je t'ai parlé hier !

– C'est pas ma faute. Le chef a voulu camoufler le truc.

– Tu parles d'un torchon !

– On peut se voir ?

– Ouais ! Mais pas tout de suite ! Les animateurs organisent une conférence de presse dans moins de cinq minutes pour les rigolos de ton espèce ! Et pendant que tu te prélasses, je dois y assister, mon pote !

– Justement ! Midi au McDo ?

– Ouais ! Avec un *big burger* pour ma pomme !

Mon estomac s'est tordu en patientant.

***

Lucien a recraché la moitié de ses frites pour se plaindre :

– Tu parles d'une conférence de presse ! Le seul journal, dans ce bled, c'est *La Gazette* ! Il n'y avait que le chef de ce torchon face aux animateurs ! Et cet empafé n'a même pas posé une seule question !

J'ai liquidé mon plateau en moins de deux :

– Raconte-moi comment ça s'est passé.

– C'est Olivier qui a parlé. C'est le responsable du mouvement. C'est lui qui a motivé les autres. Parce qu'il a dit que cinquante mille euros dans la colonne « Divers » des comptes de l'association, ça pouvait pas passer.

Il a récupéré ses frites :

– La colonne « Divers », c'est pour les dépenses qu'on peut pas caser ailleurs, des trucs comme l'achat de ce satané journal, par exemple. D'habitude, ça dépasse pas deux mille euros par an. Alors cinquante mille, c'est pas possible !

– Où sont-ils passés ?

– Aucune idée, mon pote ! Mais Olivier a une théorie qui tient la route.

– Laquelle ?

– Je sais pas si j'ai bien compris, mais voilà. Les deux seules personnes qui ont accès à la caisse de l'association, c'est la présidente, madame Vilors, et la trésorière…

– Qui c'est, la trésorière ?

– J'en sais rien. En tout cas, Olivier dit que ça ne peut être qu'elle ou la présidente qui ont détourné le fric…

Ça s'agitait là-dedans. Mon cerveau en ébullition, je veux dire.

J'ai tapé un grand coup sur la table :

– C'est un scoop !

Lucien n'avait pas l'air convaincu :

– C'est loin d'être l'affaire du siècle…

Je me suis emballé :

– Détourner cet argent alors qu'il est destiné au fonctionnement du Foyer du Soleil pour les handicapés ! Sans déconner ! Alors que ce fric sort de notre poche ! De celle de nos parents ! De celle de tous les bouseux du coin ! Les impôts locaux et tous les trucs qui nous roulent à plein tube ! C'est un scandale !

– Alors y a plus qu'à coller ça dans le journal, mon pote !

C'était pas si simple. Il fallait vérifier tous ces éléments. Un vrai casse-tête. D'autant plus que Tuglasse semblait vouloir étouffer ce sujet.

Ma paille soufflait dans mon verre une tempête force dix.

J'ai jeté un coup d'œil dans la rue pour réfléchir un moment.

Sauf que mon regard est tombé en plein sur des emmerdements première classe : en face du McDo, le maire, le commissaire et le chef de *La Gazette* étaient en pleine discussion. Ils sortaient de *La Pintade édentée*, le grand resto de la ville.

J'ai fait signe à Lucien.

Le blouson sur la tête pour éviter la pluie et ne pas se faire reconnaître, on est passés près d'eux en pataugeant dans les flaques.

– Je compte sur votre discrétion ! était en train de dire le maire.

Et Tuglasse a répondu :

– Ne vous inquiétez pas, monsieur Vilors !

Lucien a aussi bien entendu que moi.

Au coin de la rue, j'ai vite fait le tour du problème :

– La seule personne capable de nous donner des informations sur les comptes du Foyer et les cinquante mille euros envolées, c'est la trésorière. Trouve son nom dans les statuts de l'association, appelle-moi et je me charge du reste.

Cette histoire sentait le soufre. J'allais devoir marcher sur des œufs sans trop savoir où je fourrais le nez. Mais j'étais si motivé que même Albert Londres aurait pu aller se rhabiller.

***

J'aurais bien aimé finir centenaire une fois que je serais vieux, mais je n'en ai plus envie. Quand j'ai vu l'ancêtre à qui on souhaitait le joyeux anniversaire dans la salle des fêtes, je me suis dit qu'il ne valait mieux pas.

Gislaine Balade. Cent ans. Doyenne de la ville. Toute recroquevillée dans un fauteuil télécommandé. Maigre comme un clou. Et plus de barbe sur le visage que je ne réussirai jamais à en avoir.

Il fallait que j'écrive quelque chose là-dessus. Sans rigoler, je ne voyais pas quoi.

Pourtant, il y avait plus de deux cents personnes autour d'elle. C'était bondé. Toute sa famille était venue de partout, Paris et encore plus loin.

J'ai eu vachement de mal à l'approcher. J'ai réussi, mais il a fallu que je l'embrasse, parce qu'on m'a confondu avec le petit-fils de quelqu'un. Inutile de lui poser une question : elle était sourde et arrivait à peine à parler.

Un tas d'enfants de mon âge et des plus petits bataillaient pour faire la bise à cette momie. Il fallait vraiment en vouloir. C'était leur arrière-je-sais-pas-combien-de-fois-arrière-grand-mère.

Les valeurs étaient plutôt ancrées du côté respect des anciens et même pire. Cravate avait l'air de s'y plaire. Les gosses appelaient leurs parents « père » et « mère ».

Sauf que j'ai remarqué dans un coin une fille qui s'en foutait. Normal, elle ne semblait pas être de la famille. Elle avait le type kung-fu. Asiatique, je veux dire. Mais pas complètement. Mélangé, c'était encore plus beau. Je ne suis pas tombé amoureux tout de suite, mais bon.

Il ne fallait pas que je reste là à la regarder ou j'allais finir par me bloquer quelque chose. Je me suis réfugié près du buffet.

Elle a fui une dame blonde qui la forçait à rejoindre la foule.

J'ai tourné le dos pour saliver devant les cocktails.

Elle est venue près de moi comme si j'étais l'unique issue de secours :

– Salut ! Je m'appelle Daphné !

Il y a des films où les personnages s'embrassent tout de suite, mais bon.

Ses cheveux noirs ont balayé mon bras :

– Et toi ?

– Alex…

– T'habites ici ?

J'aurais eu honte de dire oui :

– Non… Je vis à Bordeaux…

– Qu'est-ce que tu fais là alors ? T'es de la famille ?

– Non… Je fais un stage dans un journal…

– Cool.

– C'est pas un journal terrible…

– Je m'en fous du journal. Je dis juste « cool » parce que t'es pas de la famille.

– Pourquoi ?

– Parce que si t'étais de la famille, on ne pourrait pas sortir ensemble. Ni faire des enfants. Ça donnerait des mongoliens à cause de la consanguinité.

Franchement, je me suis senti devenir aussi rouge que le drapeau communiste.

Elle a pris un verre et l'a vidé avant que j'aie pu tremper les lèvres dans le mien :

– T'affole pas, je plaisantais. C'est juste que c'est une famille de cons. À part mon père. Mais il n'est pas là. Il n'a pas été invité. Et tu sais pourquoi ? Parce qu'il est comme ça !

Elle a tiré le bord de ses yeux avec ses doigts :

– Un vrai « Chinetoque », comme ils disent. Alors qu'il est vietnamien. Avec la nationalité française, en plus.

– Les samouraïs du temple du lotus rouge le vengeront…

– Quoi ?

– Rien… C'est un film…

– En attendant, je me demande ce que je fous là ! C'est ma mère qui a voulu m'emmener. Tu la trouves comment ma mère ?

– Qui c'est ?

– La blonde, là-bas.

– Pas très ressemblante…

Daphné a pris une pose à tomber raide dans sa robe orange, avec les bras au-dessus de la tête et tout :

– Tu la trouves plus jolie que moi ?

– Il n'y a personne de plus joli que toi sur cette planète.

C'est fou comme j'ai l'air ridicule quand je dis les choses aussi simplement que je les pense.

Ça l'a quand même touchée. Elle a gardé la pose.

J'en ai profité pour sortir mon carnet de notes. Faire un article sous cet angle, ça me branchait vachement.

Sauf qu'elle a recommencé à s'agiter en désignant un type du doigt :

– Le pire de tous, c'est lui !

Le commissaire !

J'ai agrippé le bras de Daphné :

– Il est de la famille ?

– Oui. C'est le petit-neveu de la vieille.

Puis le maire est arrivé sous les acclamations.

Pendant qu'il serrait des mains, on s'est enfilé quatre verres chacun.

Daphné a eu le temps de me raconter qu'elle venait de Lyon, qu'elle était en troisième comme moi mais dans un collège privé sans foutu stage à la découverte d'une entreprise, que son père était informaticien, que sa mère ne faisait rien et que, elle, plus tard, elle voudrait être médecin légiste.

Elle a fait la maline en m'expliquant ce que c'était comme métier :

– Le médecin légiste, c'est celui qui découpe les cadavres à la morgue pour faire avancer les enquêtes criminelles.

Je n'ai pas trouvé ça très excitant, ni très romantique, mais je n'ai rien dit parce que c'était plutôt marrant, finalement. Qu'une fille aussi belle veuille faire un truc aussi répugnant.

– Et toi tu veux devenir journaliste ?

– Je ne crois pas…

Le maire a pris le micro pour faire son discours. J'ai rangé mon stylo. Pas la peine de prendre des notes. À part les mots qui sortaient de la bouche de Daphné, tout le reste résonnait comme du flan sous mon crâne.

On a bu un dernier verre, à la russe, avec les coudes emmêlés et les joues qui se frôlent.

Cravate a choisi ce moment pour quitter la salle des fêtes. Ça signifiait qu'il était temps de rentrer rédiger mon article. Obligé d'abandonner Daphné alors que ses lèvres étaient à trois centimètres des miennes.

J'ai inscrit mon téléphone sur un bout de papier :

– Je t'ai raconté des conneries... J'habite ici avec mon père... C'est ma mère qui vit à Bordeaux...

Elle m'a fait un clin d'œil :

– C'est pas grave.

– C'est un village de ploucs...

Elle a posé un doigt sur ma bouche :

– Moi je n'ai plus envie de partir.

Elle devait retourner à Lyon samedi et les heures se mettaient à passer comme des secondes minuscules.

***

J'ai torché mon papier tranquillement.

Quand j'ai tendu mes quarante lignes à Tuglasse, il a bondi à chaque mot et a fini par déchirer ma feuille en morceaux.

Cravate a eu droit à une tonne de compliments.

En jetant un œil sur sa copie, *Cent ans de bonheur pour Gislaine Balade*, on aurait dit que la vieille était top model.

Le téléphone a sonné.

Lucien n'en pouvait plus :

– Je tiens le nom de la trésorière !

– Accouche !

– Gislaine Balade ! Il paraît que c'est une femme complètement sénile !

J'ai raccroché.

Je me suis précipité aux toilettes. Je me suis passé la tête sous l'eau. Je me suis regardé dégouliner dans la glace.

Une centenaire sourde et aveugle en guise de potiche pour gérer les comptes de l'association.

Un lien avec le commissaire.

Une ombre dégueulasse commençait à écraser le Foyer du Soleil.

L'étau se resserrait et je ne savais pas sur quel pied danser.

Surtout que Tuglasse a annoncé :

– On ne sort rien sur la grève des animateurs ! La conférence de presse n'a apporté aucune information valable !

Il m'a fusillé du regard.

J'ai préféré penser à Daphné pour éviter d'exploser.

***

C'était pas le moment de tomber amoureux.

Trop tard.

Je ne pouvais plus faire marche arrière.

Tant pis.

Ou tant mieux.

4

Les événements se sont précipités pendant que j'embrassais les nuages.

***

Mon père a oublié de me réveiller avant de partir travailler.

Résultat, je me suis levé à dix heures et plus question d'arriver à temps pour la conférence de rédaction.

J'ai fait le chemin à pied. Sans me presser. En cherchant par quel moyen dévoiler la plaie au grand jour. Mais comme je ne trouvais pas, mes semelles restaient clouées sur la route.

J'aurais mieux fait de m'activer. En arrivant sur la place Foch, j'ai vite compris que j'avais raté quelque chose.

Une immense banderole barrait le ciel :

ÇA CHAUFFE AU FOYER DU SOLEIL !

50 000 EUROS ONT DISPARU !

Les animateurs manifestaient. Ils n'étaient qu'une demi-douzaine, mais ils savaient faire du bruit. Un haut-parleur réclamait « que la vérité éclate ! » Quelques handicapés en fauteuil roulant les aidaient à bloquer la circulation. Les véhicules coincés klaxonnaient à tout va.

Attiré par le raffut, un tas de monde s'était regroupé devant la façade du journal. Des tracts de toutes les couleurs passaient de main en main.

Lucien m'a saisi le bras, complètement surexcité :

– T'as vu ça ! C'est la révolution, mon pote ! Toujours rien dans ton torchon ! Alors il fallait bien déclencher un orage pour informer la population ! Du tonnerre !

Il m'a présenté à l'animateur qui dirigeait le mouvement :

– Olivier ! Voilà Alex ! Il fait son stage à *La Gazette* ! Il a promis d'enquêter sur le scandale ! Mais c'est un rigolo !

C'était un type d'une trentaine d'années avec des cheveux longs tenus par un élastique derrière la nuque :

– N'écoute pas ce chenapan ! Je sais que tu ne peux rien contre l'immobilisme de ce journal. Personne ne doit vouloir laisser un jeune comme toi remuer des braises aussi ardentes.

Je devais bien avouer que je n'avais pas avancé d'un pouce :

– Comment faire ? Avec une trésorière sourde et aveugle dont le petit-neveu semble avoir le nez mouillé là-dedans…

Olivier a arrondi les yeux :

– Quoi ? Qui est le petit-neveu de Gislaine Balade ?

Je tenais une information qu'il ignorait :

– Le commissaire !

L'apparition d'un fourgon de police a fait monter le brouhaha d'un cran.

– Vive la révolution ! j'ai hurlé en me faisant tout petit pour ne pas être vu.

Personne n'a repris en chœur. Il manquait mon père pour jeter la première pierre et motiver les gens à renverser la terre entière.

Le maire a débarqué en voiture pour attiser mes ardeurs.

J'ai saisi le micro en douce :

– Monsieur le maire ! Qui a mis la main dans le sac ?

Cette fois, les bouches ont assuré le relais. Les questions fusaient à travers toute la place : « Où sont les cinquante mille euros ? » « Qui peut se servir dans la caisse de l'association ? »

Le maire a bondi :

– Que signifient ces insinuations ? Je viens à l'instant de constituer une cellule de crise à la mairie afin que toute la lumière soit faite sur cette affaire ! Vous m'avez accordé votre confiance pour gérer cette ville comme il se doit et je vous garantis que je mets tout en œuvre pour qu'il en soit ainsi !

Il a essuyé son front couvert de transpiration :

– Je n'ai rien à ajouter !

Sa voiture est partie en faisant crisser ses pneus.

Le commissaire s'est avancé vers moi à grandes enjambées. Il m'a arraché le micro des mains :

– C'est toi le petit malin qui balance des insultes ?

– Je n'ai insulté personne. J'ai juste posé une question.

– C'est moi qui les pose ici !

Olivier est intervenu pour m'éviter de prendre une beigne :

– On a le droit de demander des comptes ! Personne ne peut nous en empêcher !

Les flics se sont emparés du haut-parleur et l'ont transformé en miettes.

La foule s'est dispersée.

***

Les journalistes ont passé la matinée à bredouiller des excuses aux lecteurs furieux.

Tuglasse a préféré s'enfermer dans son bureau. Sa voix passait de temps en temps à travers la porte. J'ai deviné qu'il était en ligne avec le commissaire, puis le maire et à nouveau le commissaire.

Je n'ai pas de preuve, mais bon. Ça semblait comploter sévère.

Je feuilletais l'édition du jour, **Cent ans de bonheur pour Gislaine Balade** à la une, quand la secrétaire m'a transmis un appel.

Daphné !

– On va boire un verre ? elle a demandé.

– Oui ! Où ça ?

– Tu dois bien connaître un endroit pas trop triste.

– McDo !

– Tu plaisantes ?

– Je sais pas. Ou alors il y a un café qui s'appelle *Le Pin tordu* en plein milieu de la rue piétonne.

Le rendez-vous de tous les poivrots mais, comme il faisait beau, ça pouvait être rigolo.

– Parfait. Dans cinq minutes ?

– Non. Tout de suite !

Sauf que je me suis retenu par la manche alors que je me précipitais dehors.

Je devais d'abord me rendre sans faute à l'hôpital pour me faire enlever mes points de suture…

***

Pendant que le docteur dénouait les fils, j'espérais seulement que Daphné aurait la patience de m'attendre, sinon notre histoire d'amour allait s'arrêter avant d'avoir commencé.

L'infirmière Josette m'a fait le même sourire que la dernière fois :

– Bonjour Alexandre.

Je n'ai pas pris le temps de lui répondre.

J'ai couru jusqu'au *Pin tordu* à m'en éjecter le cerveau du crâne.

Daphné était encore là.

Je lui ai montré ma cicatrice pour justifier mon retard. Elle a fait glisser ses doigts dessus.

Marc Lamèche nous reluquait en avalant des bières au comptoir :

– Alex ! Tu commences au journal et tu finis au bar ! Attention à ne pas suivre la même pente que moi !

Il nous a offert un verre :

– Vive la révolution ! Je t'ai entendu crier. C'est courageux ! Mais si tu veux réussir dans le journalisme, je t'assure qu'il vaut mieux éviter de dire des trucs pareils.

– Je ne veux plus devenir journaliste. Il me tarde déjà la fin de mon stage.

– Ça s'arrose !

Pour fêter ça, il nous a photographiés, Daphné et moi. En train de boire à la russe. En train de rire. Puis en train de s'en aller, à contre-jour, main dans la main.

La rue piétonne déliait les langues. Chaque boutique renvoyait des échos sur la manifestation. Des protestations contre la mauvaise gestion du

Foyer résonnaient sur les pavés. *La Gazette* se faisait copieusement traiter de « journal même pas bon à tapisser les chiottes ».

J'ai résumé les choses à Daphné : l'association « Main tendue » pour les handicapés, la création du Foyer du Soleil, l'argent disparu, les animateurs en grève depuis le début de la semaine, la femme du maire, son mari, l'attitude du commissaire, les mensonges de Tuglasse, etc.

Je ne sais pas si ça l'intéressait. Seulement, ça me permettait de freiner mon envie de la prendre par la taille.

J'étais un peu perdu, en fait. Je ne me rappelais plus comment il fallait s'y prendre. Pour emballer une fille, je veux dire. Surtout que tout me disait qu'il n'en existait pas d'autre comme elle. Même dans les films. C'était la seule, quoi.

Pour calmer le jeu, on s'est assis sur un banc, style deux petits vieux qui auraient passé toute leur vie ensemble. Pas comme mon père et ma mère. Pas comme les parents de Daphné qui allaient bientôt se séparer.

J'espère bien que dans cinquante ans, Daphné et moi, on sera encore tous les deux en train de s'embrasser comme on allait le faire.

Parce qu'on l'a fait. Je ne sais plus qui a commencé par faire quoi, si c'est moi qui ai caressé ses épaules ou sa main qui s'est promenée dans mon cou, mais bon. Il ne m'était rien arrivé d'aussi chouette depuis que je vivais dans ce bled. Même depuis n'importe quand n'importe où.

Jamais on aurait dû faire un truc pareil. Parce qu'à partir de maintenant, j'allais tout le temps avoir envie de recommencer.

J'ai lancé une invitation :

– Il y a un James Bond au cinéma.

– Ça a l'air complètement débile.

– Je t'aurais bien proposé de m'accompagner voir autre chose, mais on n'a pas trop le choix par ici. On pourrait y aller demain soir.

Rien à foutre du film, le plus important est que tu viennes avec moi, je voulais dire.

Daphné a souri :

– Génial !

Elle a fouillé dans une de ses poches, en a sorti un paquet de cigarettes et s'en est allumé une.

Sûr qu'elle allait avoir un goût de cendrier, après ça.

Sauf que, quand ma langue est passée entre ses lèvres, j'ai eu l'impression d'embrasser un petit nuage.

***

– T’as vu l’heure, coco ? m’a reproché Tuglasse.

L’après-midi touchait à sa fin. Le temps était passé à la vitesse mur du son.

– C’est pas ma faute. J’ai passé cinq heures à l’hôpital.

– Ne te fous pas de moi !

J’ai consulté attentivement ma montre pour ne pas qu’il me fasse un flan :

– C’est l’heure de la tournée des faits divers. Je peux vous accompagner si vous voulez…

– Sûrement pas !

Il est parti sans me sermonner.

J’ai pris une feuille bien blanche, un crayon bien taillé et je me suis installé sur un coin de bureau bien propre.

Daphné me remplissait la tête, mais il était temps de faire le point sur l’affaire du Foyer.

J’ai concentré toute mon attention sur les événements qui venaient de se dérouler. J’ai aligné dans l’ordre chronologique les diverses informations que je connaissais. Uniquement les faits vérifiables d’un côté. Puis les suppositions douteuses en face.

J'ai tracé des flèches pour relier les éléments qui collaient.

Un vrai labyrinthe.

Mais ça parlait.

Ça disait : le maire, par l'intermédiaire de sa femme qui est présidente de l'association, a accès à la caisse.

Ça disait : le commissaire, par l'intermédiaire de la trésorière Gislaine Balade, dont il est le petit-neveu, a accès à la caisse.

Ça disait : le maire, sa femme et le commissaire ont détourné de l'argent.

Ça disait : Tuglasse est au courant, Tuglasse ment, Tuglasse a peut-être encaissé quelque chose.

Ça disait : ce scandale peut foutre en l'air les personnes qui dirigent cette ville.

Et ça alignait un million de points d'interrogation sous mes yeux.

Parce que je ne tenais rien de valable pour accuser le moindre chien galeux.

Parce que je me trompais peut-être sur toute la ligne.

Ça tournait à plein tube. La sonnerie du téléphone a stoppé mon cerveau en pleine gymnastique. Lucien tremblait comme c'est pas permis :

– Alex… J'ai essayé de te joindre tout l'après-midi…

– J'étais en train d'embrasser les nuages.

– C'est ça… Amuse-toi… Pendant ce temps, les flics sont venus arrêter Olivier dans les locaux du foyer…

– Quoi ! ?

– Ouais… Et de manière musclée, mon pote… Le commissaire l'a frappé… Il lui a foutu les menottes… Tout…

– Pourquoi ?

– Pire que si c'était un criminel…

– La police a peut-être trouvé quelque chose.

– C'est pas possible…

Lucien a raccroché en étouffant un sanglot.

J'ai ajouté l'information qu'il venait de me communiquer au bas de mon schéma.

Seulement, impossible de rattacher l'arrestation de l'animateur au reste.

À moins que ce soit un coup monté.

À moins que mon imagination me joue des tours.

Les choses commençaient à me dépasser.

Il ne restait plus qu'à attendre les nouvelles fraîches que Tuglasse allait ramener du commissariat.

En supposant qu'il jouait le jeu truqué de ceux qui tiraient les ficelles. En sachant qu'il pouvait mentir chaque fois qu'il ouvrait la bouche.

Choussans, Pignon et Sombrel ne levaient pas le nez de leur écran.

Cravate ajustait les épaulettes de sa veste.

Longe lâchait de grands souffles de fumée.

La secrétaire Anne-Marie mangeait ses ongles.

Lamèche s'est penché au-dessus de mon épaule et a déchiffré mon labyrinthe sans trouver de sortie :

– Tu vas atterrir droit dans le mur.

– Il n'y a pas d'issue ?

– Pas à ma connaissance. Ou alors pas pour les garçons de ton âge.

– Et pour les autres ?

– Une seule solution.

– Laquelle ?

– La bière.

Il s'en est sifflé une canette et l'a jetée à l'autre bout de la pièce.

Le chef est rentré jovial comme jamais :

– Les cocos ! L'affaire est résolue !

Ça ne m'étonnait qu'à moitié.

J'imaginais déjà les titres dans le journal du lendemain.

Choussans a tenu à en savoir plus :

– Comment ?

– L'animateur Olivier Jourdan s'est dénoncé ! Il a craqué ! Le commissaire a enregistré ses aveux !

Au moins deux mensonges en trois phrases. Bonne moyenne.

Pignon a jugé utile de faire des remarques :

– Ce n'est pas logique. C'est lui qui organisait la grève. C'est lui qui dirigeait la manifestation. C'est lui qui…

– Simple machination, coco ! Pour ne pas être soupçonné ! Pour tromper le monde !

J'ai fini par demander :

– Et l'argent ?

– Liquidé !

Lamèche m'a fait un clin d'œil impuissant.

Tuglasse a tapé dans ses mains pour motiver les troupes :

– Au boulot !

Les claviers se sont mis à crépiter comme des mâchoires de chiens écrasés.

Mes notes ne valaient plus rien.

Mon parcours fléché dessinait une plaie béante qui n'égratignait plus personne.

Ce brouillon n'embrouillait plus que moi.

Une nouvelle sonnerie m'a arraché à l'angoisse :

– Alex ! C'est papa ! Je t'appelle pour t'annoncer une bonne nouvelle : je t'invite au restaurant ce soir.

– Ah.

– Parce que j'ai quelque chose à t'annoncer.

– Ah bon.

– Ça ne va pas ?

– Si.

– Tout se passe bien au journal ?

J'ai articulé de manière à ce que l'ensemble de la rédaction capte mes paroles :

– Très bien. Il y a une bonne équipe. C'est vraiment épatant de travailler avec des gens aussi courageux. Pas de place pour la rigolade. On voit tout de suite que c'est un vrai métier. J'ai bien de la chance.

Mon père a dit doucement :

– Je savais que ça n'allait pas te plaire.

J'ai plié ma feuille de notes en quatre et l'ai soigneusement rangée dans mon blouson :

– Les camions poubelles ne m'auraient pas autant déçu.

J'ai décidé de prendre la tangente après cette conclusion.

Tuglasse n'a pas apprécié la façon dont je m'éclipsais :

– Tu nous quittes un peu précipitamment, coco !

– Pas assez tôt, à mon avis ! Amusez-vous sans moi à bâcler votre torchon !

Sa grosse main m'a rattrapé et m'a soulevé de terre.

Le chef a collé son nez contre le mien pour bien m'enfoncer ce qu'il allait dire dans le crâne :

– Tu vaux rien, coco !

Je me suis libéré à grands coups de pieds :

– L'affaire est résolue ? Mon cul, oui !

J'ai filé plus vite que dans les dessins animés de Tex Avery où le loup fait le tour de la Terre d'un seul trait.

***

À cause de son anti-américanisme primaire qui n'épargne que le cinéma des années cinquante et rien d'autre, mon père ne supporte pas McDo. Il raconte que les hamburgers sont spécialement conçus pour étouffer le peuple, le rendre obèse, le ramollir et l'empêcher ainsi de faire la révolution. Il n'a jamais mis les pieds dans un fast-food. Pire, il n'a jamais bu de coca de sa vie.

On s'est attablés à l'intérieur de *La Pintade édentée*.

À peine sa fourchette plantée dans la viande, il a bafouillé d'un ton solennel :

– J'ai une chose importante à te dire... Ce matin, j'ai oublié de te réveiller...

– Je suis au courant.

– Je n'ai pas fait exprès... En ce moment... J'ai la tête ailleurs... Ce n'est pas dans mes habitudes... Je suis préoccupé par autre chose... Ça fait maintenant plusieurs années que ta mère m'a quitté et...

À partir de là, je n'ai plus réussi à l'écouter.

Je n'en pouvais plus de penser à Daphné. Sa bouche contre la mienne. Ses mains dans mon dos. Ses yeux qui se plissent quand je ris.

Les mots que formulaient mon père ne parvenaient pas jusqu'à mes oreilles.

Mais dans un coin du restaurant, un spectacle m'a fait revenir sur terre : le maire, le commissaire et Tuglasse trinquaient à la même table.

Mon père m'a empêché de prendre un dessert :

– Des crêpes nous attendent à la maison !

Dans la famille Contre Toute Attente, je demande le père : le mien m'a caché pendant quatorze ans qu'il savait faire les crêpes.

Il a démarré la voiture en enfumant les familles installées à la terrasse du McDo.

Tout à coup, en arrivant, la tr-tr-trouille.

Les lumières de notre baraque étaient allumées. Il y avait quelqu'un dans la cuisine. Une ombre se déployait devant les fenêtres éclairées.

Papa est entré sans y prêter attention.

Dans la famille Tombée Par Terre, je demande le fils : c'est moi ! Quand j'ai découvert l'infirmière Josette en train de faire sauter des crêpes sur le réchaud. Quand mon père l'a embrassée. Quand elle m'a souri.

J'avais dû rater un épisode :

– Qu'est-ce que vous faites là ?

– Alex ! m'a coupé mon père. Arrête de faire l'innocent. Je t'ai expliqué ça pendant tout le repas...

Il fallait croire que la vie allait changer, à partir de ce soir.

J'ai ouvert la penderie pour me débarrasser de mon blouson. La tenue blanche de Josette était suspendue à un cintre. Une de ses manches était couverte de sang.

Je l'ai décrochée pour l'agiter sous son nez :

– Vous vous êtes tachée comme ça en me réparant le crâne ?

– Tu peux me tutoyer, Alex.

– D'où vient tout ce sang ?

– La police nous a emmené un jeune homme, cet après-midi. Il était dans un sale état.

J'ai hurlé sans le vouloir :

– Olivier Jourdan ?

– Oui. Une dizaine de fractures à soigner.

J'ai eu du mal à avaler ma salive :

– Comment il va ?

– Il est dans une chambre surveillée. Il a repris conscience en fin de soirée. Il a même réussi à ouvrir la bouche.

J'ai failli faire exploser les vitres :

– Pour dire quoi ?

– Qu'il s'était fait passer à tabac par le commissaire.

***

Le sang avait coulé pendant que j'embrassais les nuages.

Je me suis couché en dépliant mon schéma dans un rêve tortueux.

Toutes les issues étaient verrouillées.

Il allait me falloir du courage pour tenter de fissurer ce « grand n'importe quoi ».

5

La journée a été violente, j'ai enclenché des cassettes encore plus violentes dans le magnétoscope.

***

L'ampoule de ma chambre m'a aveuglé.

Je me suis caché sous la couette :

– Je fais grève ! Je ne veux plus mettre les pieds au journal des chiens écrasés !

Une main a secoué le lit :

– Ne joue pas la comédie, Alex ! Si tu laisses tomber dès que quelque chose cloche, tu n'iras pas loin dans la vie.

J'ai fini par me lever :

– Les communistes parlent comme les curés maintenant ?

– Rien à voir ! Je te dis ça parce que je suis ton père.

Sur la route, papa a arrêté la voiture près de Lucien qui promenait Colombo sans laisse :

– On t'emmène ?

Lucien a tourné le dos pour lancer un bout de bois à son chien :

– Non ! Je veux bien continuer à me taper des mauvaises notes en classe, mais je ne retournerai jamais faire un stage aussi dégueulasse !

Il est parti en courant après Colombo.

Papa m'a déposé sur la place Foch.

J'ai pris la direction opposée à *La Gazette* et j'ai acheté le journal en kiosque :

LA VÉRITÉ ÉCLATE !
L'animateur Olivier Jourdan
est l'auteur du vol crapuleux
qui a bouleversé
le Foyer du Soleil.
L'affaire était tenue secrète
par *La Gazette* pour permettre
à la police d'enquêter.

Je me suis installé au comptoir du *Pin tordu* pour lire attentivement l'article signé **Christian Tuglasse.**

Cent soixante lignes pour répéter la même chose : Olivier Jourdan a volé, Olivier Jourdan a avoué.

Les **révélations** du commissaire étaient accablantes : **"Interrogé dans le cadre de l'enquête, Olivier Jourdan a reconnu avoir dérobé au cours de l'année d'importantes sommes dans la caisse de l'association "Main tendue"... Un total de cinquante mille euros... Il a affirmé avoir tout dépensé en jouant... Il se rendait régulièrement au casino de Biarritz... Sa culpabilité ne fait aucun doute... Il a signé ses aveux... J'ai transmis le dossier au procureur de la République..."**

Le chef du journal en rajoutait une couche pour ponctuer ces citations : **"Olivier Jourdan avait un comportement pervers... Des pensées anarchistes... Une attitude anticitoyenne...**

Seule photo pour illustrer la une : le commissaire, le maire et sa femme, devant le Foyer du Soleil, avec un sourire jusque-là.

J'ai commandé un coca. Je n'ai pas fait de bulles à l'intérieur du verre. J'ai juste écouté le « pshhh ! » du gaz à la surface. En espérant secrètement que tout explose.

Le bouquin d'Albert Londres traînait au fond de mon cartable.

Au Bagne.

Je l'ai lu en deux heures et demie sans cligner une seule fois des paupières.

Ça avait l'air simple, finalement. Il suffisait de voir et de raconter. C'était peut-être aussi bête que ça.

En refermant le livre, ma tête s'est mise à bourdonner : « Va sur le terrain ! Ouvre l'œil ! Ouvre les oreilles ! Raconte ! »

***

Deux uniformes en train de manger des sandwiches faisaient barrage devant la porte de la chambre d'hôpital.

Lucien tenait Colombo par le collier.

Quand il l'a lâché, le chien s'est précipité sur le repas des flics et a filé au fond du couloir les crocs serrés sur leurs morceaux de pain.

On s'est glissés à l'intérieur de la chambre pendant qu'ils se lançaient à sa poursuite.

Olivier était allongé. De gros pansements sur le front et la mâchoire. Le nez en triple volume. Le bras droit dans le plâtre. Le torse nu couvert d'hématomes.

Il a réussi à cligner de l'œil dans notre direction.

On s'est approchés :

– Comment ça va ?

Il a articulé avec difficulté :

– Je suis bon pour le Foyer… non plus en tant qu'animateur… puisque je vais me faire virer… mais en tant qu'handicapé…

Ça l'a fait sourire.

Il a regardé le plafond :

– Qu'est-ce que vous faites ici ?

Lucien a désigné un exemplaire de *La Gazette* qui était froissé en boule au pied du lit :

– On veut savoir !

Olivier a murmuré :

– Moi aussi… Je voudrais bien savoir…

– Ce n'est pas toi ?

– Merde…

– Tu as reconnu les faits ! Tu as signé tes aveux !

– Deux heures à me faire balancer à toute volée contre les murs en béton d'une cellule… J'étais prêt à signer n'importe quoi… les yeux fermés… J'aurais fait n'importe quoi pour que ça s'arrête…

– Et Biarritz ?

– Merde… Ne jouez pas aux flics…

– Il y a quand même cette histoire de casino à Biarritz.

– Je vais tous les week-ends à Biarritz… parce que ma copine habite là-bas… Je n'ai jamais mis les pieds dans un casino… Même jamais joué au loto de ma vie…

Il s'est mis à trembler.

Tempête : la plaie dessinée sur la feuille que j'avais rangée dans mon blouson était plus profonde que jamais.

Les questions se posaient d'une autre façon : Qui cette arrestation arrangeait-t-elle ? Qui échappait ainsi aux soupçons de la population ? Qui avait enregistré les aveux ? Qui avait aligné docilement les mensonges dans le journal ?

Les réponses étaient les mêmes : la femme du maire, le maire, le commissaire et le chef de *La Gazette*.

Ces quatre jouaient sur le même tableau depuis le départ.

La porte s'est ouverte dans notre dos :

– Personne n'est autorisé à pénétrer dans cette chambre !

Les flics nous ont empoignés pour nous jeter dehors. Lucien a résisté :

– Olivier ! Est-ce qu'on peut faire quelque chose pour toi ?

– Je ne crois pas… La seule chose dont je vais avoir besoin… c'est d'un bon avocat… Merci…

On a quitté l'hôpital sans courir. Colombo nous a rejoints en se léchant les babines.

J'ai pris le chemin de l'usine où bossait mon père.

***

La cantine était bondée. Tout le monde en bleu de travail. Un brouhaha pire qu'au collège.

La table de mon père était la plus agitée :

– Il faut savoir s'arrêter ! lui conseillait un collègue. On ne peut pas en demander trop !

– Tu trouves qu'on en demande trop ? Regarde nos ateliers ! On n'a même pas le minimum !

Les autres ont approuvé.

Un type s'est écarté pour me faire de la place.

Mon père s'est interrompu :

– Alex ?

J'ai déplié le journal sur **La vérité éclate !** :

– Je suis en plein sac de nœuds.

Tous les regards se sont braqués sur moi.

Mon père m'a rassuré :

– S'il s'agit du journal, c'est une question qui nous intéresse tous. Si c'est un problème de boulot, n'importe lequel, ça nous concerne aussi parce que tous les travailleurs sont unis. Tu peux parler tranquillement.

J'ai déplié le schéma de ma poche.

Et j'ai tout sorti. Tout ce que je savais. Tout ce que je supposais. Tout ce que j'avais entendu. Tout ce que j'avais vu. Jusqu'au dernier épisode : Olivier en morceaux à l'hôpital.

À la fin, je me suis aperçu que tous les ouvriers s'étaient rassemblés autour de la table et que la cantine était devenue aussi silencieuse qu'une montagne.

J'ai senti qu'il y avait là une force capable de casser tous les toits du monde pour laisser passer la lumière.

Mon père a lu dans mes yeux :

– On ne peut pas agir comme ça…

Il a soupiré :

– Ce n'est pas le moment pour moi de reprendre contact avec elle… Mais vu les circonstances… Elle saura certainement mieux que nous ce qu'il faut faire… Je vais l'appeler !

On s'est réfugiés dans le bureau du syndicat pour téléphoner.

Ma mère n'a pas répondu.

Papa a laissé tourner le répondeur dans le vide.

Je ne pouvais pas tenir en place :

– Et maintenant ?

– Je ne sais pas… Tu pourrais envoyer tes informations à un vrai journal.

– *La Gazette* est un vrai journal.

– Un grand journal, je veux dire.

– Qui me dit qu'ils ne sont pas tous pareils ?

– J'en connais un digne de confiance.

– *L'Humanité* ?

– Bien sûr.

– Personne ne le lit à part toi !

– Il y a aussi *Le Canard enchaîné*. C'est celui qui révèle tous les scandales politiques et financiers.

– Jamais ils ne vont croire un gosse de mon âge.

– Sauf si tu leur fournis une preuve.

Un grondement s'est mis à écraser nos têtes : les machines de l'usine recommençaient à tourner.

J'ai laissé tomber mes bras :

– Je vais au cinéma ce soir… Ça me changera les idées…

– Ce n'est pas le moment ! Alex ! Ton histoire a retourné mes amis à la cantine ! Tu as tous les éléments pour démontrer la corruption de la municipalité ! Il te manque seulement une preuve ! Ce n'est pas au cinéma que tu vas la trouver !

– Mais j'ai rendez-vous… Et je suis amoureux !

Mon père a rejoint son poste en secouant la tête.

***

La façade du cinéma me donnait le tournis.

Daphné est arrivée par surprise dans mon dos.

Je n'ai pas eu le temps de l'embrasser.

Je n'ai pas eu le temps de la regarder.

Mes yeux se sont bloqués sur la voiture du maire qui passait devant le cinéma.

En un éclair, j'ai aperçu le visage d'Olivier écrasé contre la vitre arrière.

J'ai vu sa bouche se déformer.

J'ai lu les deux mots qu'il prononçait : « Au secours ! »

Et le véhicule a pris la tangente.

L'équation s'est résolue d'elle-même : le dossier d'accusation monté par le commissaire était trop léger, il fallait donc éliminer Olivier Jourdan.

Je me suis précipité dans une cabine téléphonique.

Mon père a répondu à la première sonnerie.

Il n'a pas demandé d'explications. Il a simplement dit qu'il arrivait tout de suite.

J'ai planté mes yeux dans ceux de Daphné :

– Je crois qu'on va laisser tomber la séance ! On va peut-être vivre pire qu'un film en direct !

L'argument a fait son effet.

On s'est embrassés.

Quand nos lèvres se sont séparées, la voiture de mon père était déjà là.

Si tout se déroulait aussi mal que je l'imaginais, ils allaient se débarrasser d'Olivier.

Sauf que je n'avais aucune idée de la direction à prendre.

Une ombre s'est écrasée avec fracas sur notre capot.

J'ai reconnu Marc Lamèche. Ivre mort.

Il s'est relevé en boitant sacrément. Sa seule inquiétude a été de consulter son appareil photo :

– Ouf ! Mon matériel est intact !

Sans demander rien à personne, il est monté avec nous :

– En route ! Je viens de voir passer ces salauds ! Il ont filé vers le Foyer !

Démarrage en trombe.

***

La voiture était garée devant le Foyer du Soleil.

On est sortis tous les quatre en silence.

Sous les volets fermés, un trait de lumière arrivait à percer l'obscurité.

Pas un bruit.

J'ai fait le tour des lieux, serrant la main de Daphné dans la mienne pour me persuader qu'il ne pouvait rien nous arriver.

Derrière, une petite fenêtre éclairée trouait le mur du bâtiment.

J'ai regardé.

Et j'ai vu : une salle de bains, un tas de boîtes de médicaments en vrac, Olivier plus blanc que l'émail du lavabo, le commissaire tirant les cheveux d'Olivier, la tête d'Olivier renversée, la main du commissaire saisissant une pleine poignée de cachets, la main du commissaire s'enfonçant dans la gorge d'Olivier, Olivier avalant, le commissaire recommençant les mêmes gestes, Olivier bavant, mais Olivier ingurgitant à plusieurs reprises et Olivier tombant sur le carreau.

Clic-clac dans mon dos.

Lamèche mitraillait la scène.

Clic-clac la preuve est dans la boîte !

Le commissaire a quitté la pièce.

Retour de l'autre côté.

La voix du maire est passée à travers les volets :

– Ça y est ?

La voix du commissaire :

– Ça y est ! Inutile d'attendre ici ! Son cœur s'arrêtera de battre dans moins de vingt minutes ! Je taperai le rapport au commissariat ! Et je préviendrai l'hôpital en faisant croire que je viens de constater le décès ! Tu peux avertir notre ami !

La voix du maire :

– Allô Christian ! C'est Alain à l'appareil ! Tout fonctionne comme prévu ! Tu peux faire les gros titres !

Christian égale Christian Tuglasse.

Les lumières se sont éteintes.

Le maire et le commissaire sont sortis.

On s'est plaqués contre le mur.

Je tremblais. Daphné tremblait. Lamèche tremblait. Mon père tremblait. Quatre feuilles en plein ouragan.

Les deux hommes ont filé dans la voiture rutilante sans regarder derrière eux.

Mon père s'est précipité à l'intérieur pour composer le numéro des urgences.

Lamèche l'a rejoint pour finir sa pellicule.

Clic-clac !

Daphné et moi, on n'a pas bougé. On est restés là, dehors, jouant du tambour contre le mur avec nos omoplates. En se serrant la main si fort que le sang n'arrivait plus à circuler au bout de nos doigts.

Jusqu'à ce que le gyrophare d'une ambulance envoie valser notre ombre dans tous les sens.

***

Josette était de permanence à l'hôpital pour la nuit.

Papa a eu du mal à la joindre.

Affolée, elle a expliqué qu'Olivier avait disparu dans l'après-midi sans prévenir personne, qu'une ambulance venait de le ramener complètement inconscient, qu'il avait avalé une tonne de cachets comme pour se suicider et que toute l'équipe médicale était en train de se mobiliser pour le sauver.

Papa lui a demandé de veiller sur lui.

Il n'a rien dit de plus.

Il fallait garder le reste secrètement jusqu'à ce que Lamèche développe les photos.

Avec un peu de chance, elles seraient nettes et constitueraient une preuve imparable.

Avec un peu de chance, Tuglasse était déjà en train de rédiger les gros titres et *La Gazette* allait se casser la gueule toute seule le lendemain matin.

Avec un peu de chance, impossible d'imaginer le bordel que ça allait soulever.

Daphné est restée manger avec nous.

Elle a téléphoné à sa mère pour la prévenir.

J'ai regardé mon père :

– Moi aussi, je vais prévenir ma mère.

« Message après le bip ! »…

– Maman ! C'est Alex !

Elle a décroché.

J'ai lâché la principale information brutalement :

– Le commissaire vient de commettre un meurtre qu'il a voulu maquiller en suicide avec la complicité du maire !

Je lui ai communiqué l'histoire à chaud, sans faire le tri. Maman a écouté en silence.

Je l'entendais construire le puzzle dans sa tête.

Elle a fini par dire :

– J'informe le procureur de la République.

Sur un ton professionnel qui signifiait que ça rigolait pas.

***

J'ai attendu l'aube vautré sur le canapé. Avec Daphné. En enchaînant des cassettes violentes dans le magnétoscope. Pour que la journée qui venait de passer nous semble plus douce.

6

Les camions poubelles se sont mis à me faire de l'œil sur le chemin du collège.

***

La sonnerie du téléphone nous a réveillés de bonne heure.

Ma mère était à cran :

– J'ai réussi à convaincre le procureur. Il a reçu le dossier constitué par le commissaire contre Olivier Jourdan. Le document est rempli d'arguments non valables. Je lui ai fait part de ta version des faits. Il veut absolument te voir. Il veut rencontrer les trois témoins qui t'accompagnaient hier soir. Et il veut voir les photos. J'espère que tout ce que tu m'as raconté est vrai.

– Aucun doute.

– Où peut-il vous trouver ?

– Au *Pin tordu*, le café de la rue piétonne.

– Soyez-y à partir de dix heures !

J'ai transmis le message à Lamèche.

J'ai pressé des oranges, beurré des tartines, sorti des yaourts du réfrigérateur et mis du lait à chauffer.

J'ai invité Daphné et mon père à avaler tout ça avec moi.

Josette est rentrée épuisée de l'hôpital :

– Il est sauvé.

La nouvelle a rendu l'air plus respirable.

***

La Gazette affichait sa une, sans crainte, dans tous les kiosques :

LE COUPABLE S'EST SUICIDÉ
L'animateur Olivier Jourdan
s'est donné la mort, hier soir,
dans les locaux du Foyer du Soleil.

Sauf que rien n'avait tourné comme prévu.

Tuglasse avait tout faux.

Son article était écrit selon un scénario qui avait échoué. Cent soixante lignes complètement bidon. Cent soixante lignes qui accusaient leur auteur de complicité. Cent soixante lignes qui dévoilaient la corruption du journal.

On a accéléré le pas pour se rendre au *Pin tordu*.

Lamèche était déjà installé au bar. Les bras chargés de photos, il en distribuait des copies à tous ceux qui lui offraient un verre.

Les tirages étaient réussis : la tête d'Olivier en arrière… La main du commissaire pleine de cachets… On les voyait presque bouger et enchaîner les mouvements en direct.

Personne n'en croyait ses yeux.

Ça a provoqué un branle-bas de combat incroyable autour du comptoir.

Trois énormes voitures immatriculées en Gironde ont emprunté la rue piétonne à vive allure et ont stoppé net devant le café.

Six colosses en sont descendus. Ils encadraient un petit homme en costume clair. Ils portaient un brassard avec les initiales PJ au-dessus du coude : police judiciaire.

Ils ont envahi *Le Pin tordu*.

Le petit homme avait une voix caverneuse qui a surpris tout le monde :

– Alexandre Dufaure !

J'ai levé le doigt.

Les costauds m'ont encerclé.

Le petit homme m'a tendu une carte barrée de bleu-blanc-rouge sur laquelle il était indiqué que c'était le procureur de la République :

– Où sont les autres témoins ?

Mon père s'est avancé. Daphné m'a attrapé la main. Lamèche a tendu ses clichés.

Tous les autres se sont fait évacuer.

Le procureur n'a même pas posé de questions.

Les photos parlaient suffisamment.

Après avoir rangé ses lunettes, il a juste ordonné :

– Je vous demanderai seulement de rester à notre disposition pour témoigner.

Il a suffi d'un haussement de sourcils à peine perceptible pour que les mastodontes regagnent leurs voitures et décollent dans un bruit de tous les diables.

***

La première a freiné devant l'hôtel de ville pour embarquer le maire et sa femme.

Les gorilles sortis de la seconde ont passé les menottes au commissaire.

Tuglasse s'est fait arrêter comme un voleur par la troisième.

***

Daphné était à moitié endormie contre mon épaule et je tombais de sommeil.

On s'est affalés sur une terrasse.

Il était temps de rédiger mon article.

Les questions auxquelles je devais répondre étaient simples : Qui ? Quoi ? Où ? Quand ? Comment ? Pourquoi ? Sauf que « pourquoi ? » restait sans véritable réponse. Mais creuser plus profond nécessitait de s'aventurer dans des analyses compliquées qui menaient droit dans le « grand n'importe quoi ».

Daphné a plissé ses yeux.

Bourdonnement dans mes tympans.

« Raconte ce que tu as vu ! Raconte ce que tu as entendu ! »

Voilà. Je m'en suis tenu à ça.

J'ai enfoncé la plume dans la plaie, sur quatre pages, sans faire de détour.

***

Cravate avait senti le vent tourner.

Il nous a rejoint pour commander un café :

– J'ai appris que vous aviez sauvé Olivier Jourdan.

– Tu enquêtes ?

– Oui.

– Pour quoi faire ?

– Je vais envoyer un article à la presse parisienne sur toute cette affaire.

Jamais je ne pourrai rivaliser avec un type pareil.

Il valait mieux que je m'éloigne de tout ça.

Je lui ai tendu le schéma que j'avais conservé dans ma poche :

Il a failli s'en étrangler :

– Merci, coco !

– Tu m'épates, Cravate !

Je l'ai regardé s'en aller en me disant qu'il allait sûrement finir par présenter le journal télévisé de vingt heures un de ces jours.

J'ai froissé les pages que je venais d'écrire. J'ai pensé les conserver pour les faire bouffer à la conseillère d'orientation. Mais j'ai préféré les jeter.

Daphné m'a tiré par la manche :

– Est-ce qu'on va se revoir ?

Je me suis mordu l'intérieur des joues et elle a mis moins d'un quart de seconde pour allumer une cigarette. On a passé le temps qui nous restait à faire des projets du genre « Bonnie and Clyde » et même pire pour la vie.

***

Elle est partie le lendemain.

***

La police judiciaire a tout secoué.

***

La Gazette n'a plus été publiée.

Marc Lamèche, Isabelle Choussans, Yves Pignon, Xavier Sombrel, Hervé Longe et Anne-Marie ont rejoint le vivier des chômeurs.

***

Dans son rapport de stage, Lucien a décrit son expérience au Foyer du Soleil comme une aventure sous les bombardements.

Il s'est payé la meilleure note de la classe.

***

Je n'ai aligné que trois mots sur ma copie :

« Journalisme mon cul ! »

Je me suis tapé zéro.

Rien ne me paraissait aussi juste pour résumer ma découverte du monde de la presse.

***

L'article de Cravate est sorti dans *Le Canard enchaîné*. Il était signé **Cravate.**

***

Ça n'a pas empêché les chiens écrasés de continuer à gambader dans les journaux.

***

Un matin, sur le chemin du collège, les camions poubelles se sont mis à me faire de l'œil.

J'ai recommencé à les trouver fascinants.

D O
A
D O

Emmanuel ARNAUD

LES TRILINGUES/2005

LA GLOIRE DE MON FRÈRE/2007

Chloé ASCENCIO

BIEN TROP PETITE/2000

Louis ATANGANA

DE NULLE PART/2002

CHAMBRE 27/2003

Florence AUBRY

MAMIE EN MIETTES/2003

LA MAIN DE L'AVIATEUR – DOADO NOIR/2007

Kevin BROOKS

BEING – DOADO NOIR/2008

Isabelle CHAILLOU

JOHN ET MOI/2004

Irène COHEN-JANCA

FILS DE ZEPPELIN/2000

L'ÉTOILE DE KOSTIA/2002

L'AUTRE CŒUR/2003

FASHION VICTIM/2005

LE CHANT DE L'INNOCENT/2008

Michael COLEMAN

FILER DROIT – DOADO NOIR/2007

Isabelle COLLOMBAT

DANS LA PEAU DES ARBRES/2006

BIENVENUE À GOMA – DOADO MONDE/2008

Rachel CORENBLIT

SHALOM SALAM MAINTENANT – DOADO MONDE/2007

L'AMOUR VACHE/2008

DIX-HUIT BAISERS PLUS UN/2008

Alex COUSSEAU

POISSON-LUNE/2004

LE CRI DU PHASME/2005

SANGUINE/2005

SOLEIL MÉTALLIQUE/2006

MON CORPS EST UN ŒIL/2007

LES YEUX QUI CHANTENT/2007

Vincent CUVELLIER

KILOMÈTRE ZÉRO/2002

Emanuelle DELAFRAYE

DES PRINCESSES ET DES HOMMES/2007

Sylvie DESHORS

ANGES DE BERLIN – DOADO NOIR/2007

Marita DE STERCK

AVALER TOUT CRU – DOADO MONDE/2007

Marie DUFEUTREL

X COMME XAD/2005

Christine FÉRET-FLEURY

J'AI SUIVI LA LIGNE BLEUE/2005

Bertrand FERRIER

HAPPY END/2003

Claudine GALEA

ENTRE LES VAGUES/2006

ROUGE MÉTRO – DOADO NOIR/2007

Claudie GALLAY

LES ANNÉES CERISES/2004

Hélène GAUDY

ATRABILE/2007

Guillaume GUÉRAUD

CITÉ NIQUE-LE-CIEL/1998

CHASSÉ-CROISÉ/1999

LES CHIENS ÉCRASÉS/1999

COUP DE SABRE/2000

APACHE/2002

COUSCOUS CLAN/2004

MANGA/2005

JE MOURRAI PAS GIBIER – DOADO NOIR/2007

LA BRIGADE DE L'ŒIL – DOADO NOIR/2007

Béatrice HAMMER

KIVOUSAVÉ/2008

Laura JAFFÉ

POUSSIÈRE D'ANGE/2000

SAM STORY/2005

Sébastien JOANNIEZ

TERMINUS NOËL/2002

C'EST LOIN D'ALLER OÙ/2003

Valérie MATHIEU

LE CIEL DE TRAVERS/2001

Bart MOEYAERT

NID DE GUÊPES/2005

C'EST L'AMOUR QUE NOUS NE COMPRENONS PAS/2005

OREILLE D'HOMME/2006

FRÈRES/2008

Unni NIELSEN

RITA, NEW YORK, 1964 – DOADO MONDE/2007

Frédérique NIOBEY

LOEÏZA/2001

EN ROUE LIBRE/2004

LÉONORE/2007

Zoran PONGRASIC

GOUMI-GOUMI/2004

Florence THINARD

UNE GAULOISE DANS LE GARAGE À VÉLOS/2003

ENTRE CHIEN ET LOU/2005

Marie-Sophie VERMOT

VOILÀ POURQUOI LES VIEILLARDS SOURIENT/2003

Hélène VIGNAL

PASSER AU ROUGE/2006

BIÈRE GRENADINE/2007

TROP DE CHANCE/2007

Adeline YZAC

LE JOUR DES OIES SAUVAGES/2004

Ouvrage réalisé par le Studio graphique des Éditions du Rouergue

Reproduit et achevé d'imprimer
par l'imprimerie France Quercy (Mercuès)
en août 2008

Dépôt légal : septembre 1999
N° d'impression : 81620
ISBN : 978 2 8415 6134 8